Papel certificado por el Forest Stewardship Council®

MIXTO
Papel | Apoyando la silvicultura responsable
FSC® C117695

Penguin Random House Grupo Editorial

Primera edición: febrero de 2024
Primera reimpresión: junio de 2025

Con la colaboración de Inés Masip
Diseño y maquetación: MYR Servicios Editoriales, S.L.

Printed in Spain – Impreso en España

ISBN: 978-84-488-6763-8
Depósito legal: B-20.212-2023

Impreso en Liber Digital, S. L.
Casarrubuelos (Madrid)

BE 6 7 6 3 8

POCOYO™

Cuentos para 3 años

Beascoa

EL PEQUEÑO PARQUE DE ATRACCIONES

¡Hola a todos! ¿Qué hacéis en la parada del bus?
¿Vais a alguna parte?

¡Vais al parque de atracciones!

¡Qué bien!

Ahí viene el bus, pero va llenísimo.
Me parece que tendréis que esperar al siguiente.

Vaya, en este bus tampoco hay sitio.

Y este ya era el último...

Qué pena, hoy no podréis ir
al parque de atracciones.

**Un momento,
¡Nina tiene una idea!**

Vamos a convertir la casa en un pequeño parque de atracciones.

Roberto, ¿nos ayudas a hacernos **pequeños?**

Ahora la lámpara es un tiovivo.

¡Qué divertido!

Con la bañera y los patines,
hacemos una montaña rusa.

¡Genial!

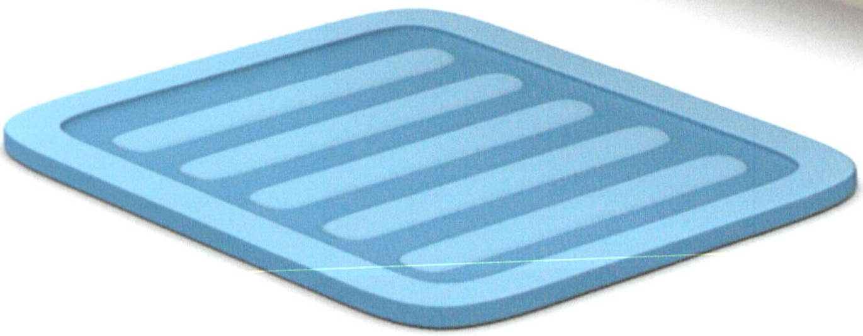

Uy, parece que Pato
no se encuentra muy bien…

Elly, ahora te toca a ti. ¿Qué se te ocurre?

¡Guau, una pista de obstáculos!

Pasamos por debajo de las pesas, rodamos por la cinta de celofán, cruzamos los tornillos, saltamos las pelotas y escalamos el calendario.

¡Increíble!

Pato tiene una idea para otra atracción.

¡Un paseo en burbuja! ¡Qué bonito!

Tened cuidado, que estáis volando muy alto.

Ay ay ay, las burbujas van a explotar…

Pero no pasa nada, ¡porque vais a caer sobre una cama elástica!

¡Enhorabuena! Habéis creado vuestro propio parque de atracciones.

Y solo habéis necesitado un poco de imaginación.

NINA DESCUBRE EL MUNDO

¡Hola, Nina! No sabes qué es eso, ¿verdad?

¿Se puede comer? Puaj, parece que no.

Y entonces, ¿para qué sirve?

¡Hola, Pocoyó! ¿Tú sabes qué es eso?

¡Claro, es un **teléfono!**

¿Le puedes explicar a Nina cómo funciona?
Marcas un número y puedes hablar con quien quieras.
Por ejemplo, con Pato. Divertido, ¿eh?

Pocoyó, Nina quiere saber más cosas. ¿Le explicas qué es esto? Es una **radio.**

En la radio, suena música. Y a veces, hay personas hablando.

Pero la música es más divertida.

¿Vamos a enseñársela a Pato?

Qué estilazo, Pato. Y ahora tú, Pocoyó.
Cuidado, con tantas vueltas te vas a marear y…

PATAPUM…

Pocoyó, ¿estás bien?

Nina, **¿sabes qué es eso?** Tranquila, Pocoyó te lo puede explicar. Vaya, parece que Pocoyó tampoco sabe qué es. ¿Un micrófono? ¿Una carroza?

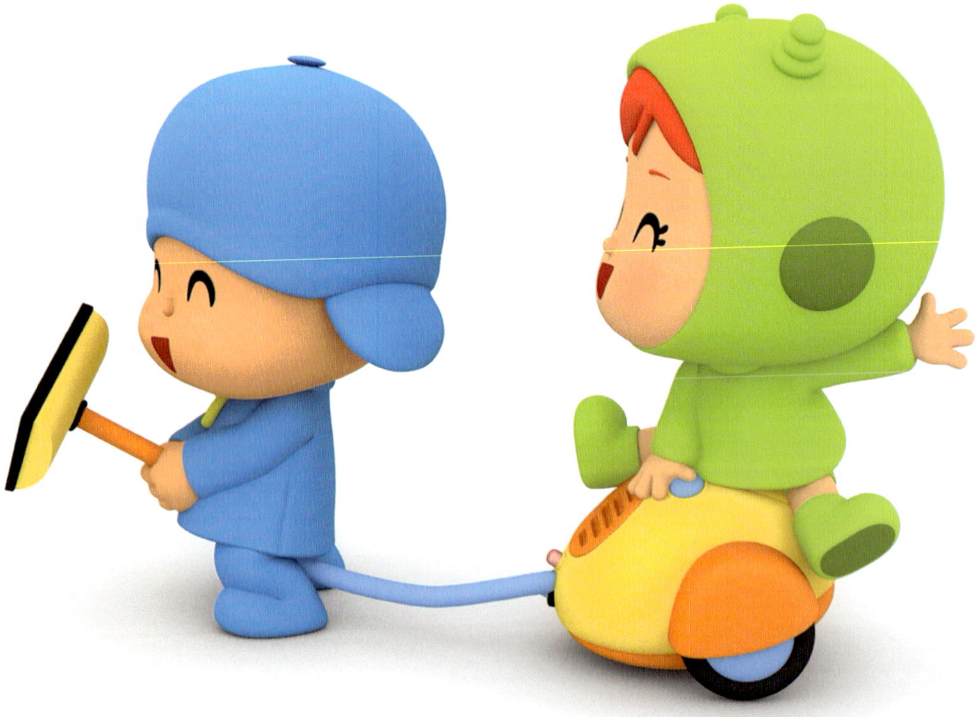

¡Qué divertido!

Pato está enfadado porque habéis tirado tierra con la **carroza.** ¿Creéis que el objeto misterioso podría ayudarle a arreglar el desorden?

¡Oh, no! La máquina se ha tragado el sombrero de Pato, **qué desastre...**

Pocoyó, ¿sabes cómo se utiliza? Tienes que ponerla en el suelo y sirve para limpiar.

Esta máquina es una...

¡aspiradora!

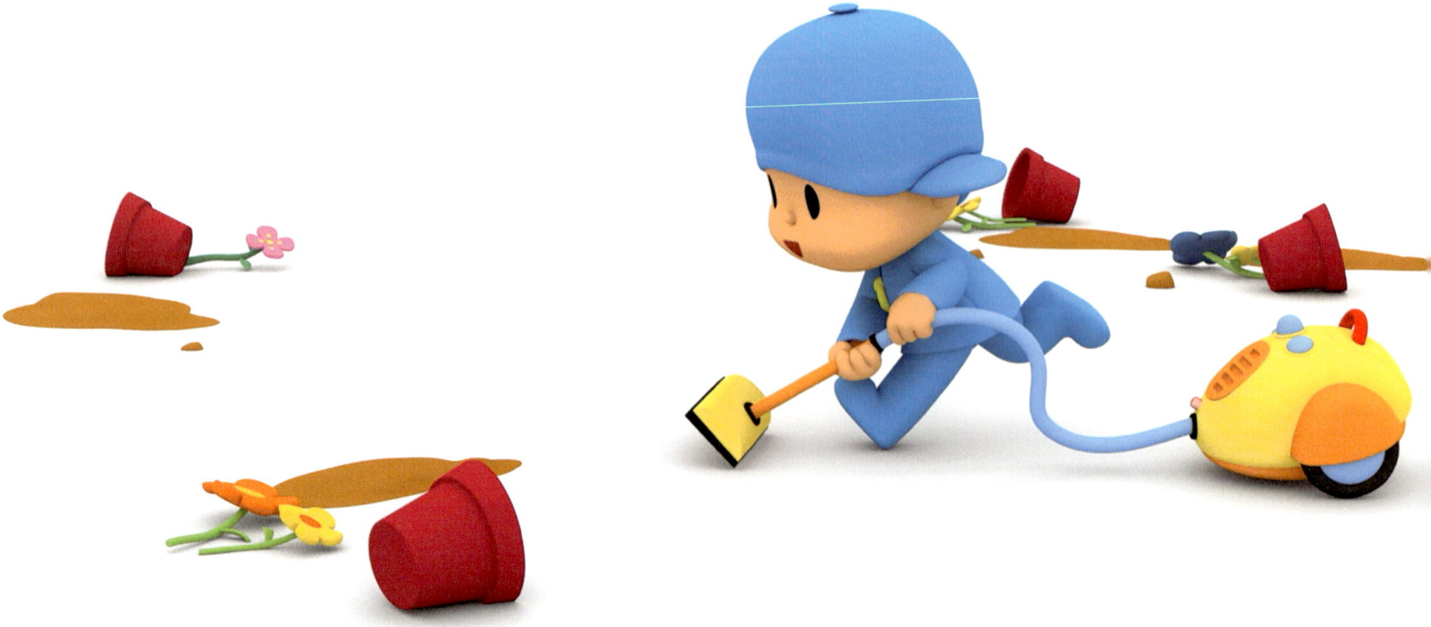

Ahora, ¿qué tal si arreglamos el jardín de Pato?

Pato, creo que te están llamando.
Son Nina y Pocoyó, que quieren enseñarte algo.

¡Qué maravilla de jardín, Pato!

¡Bravo por los descubrimientos!

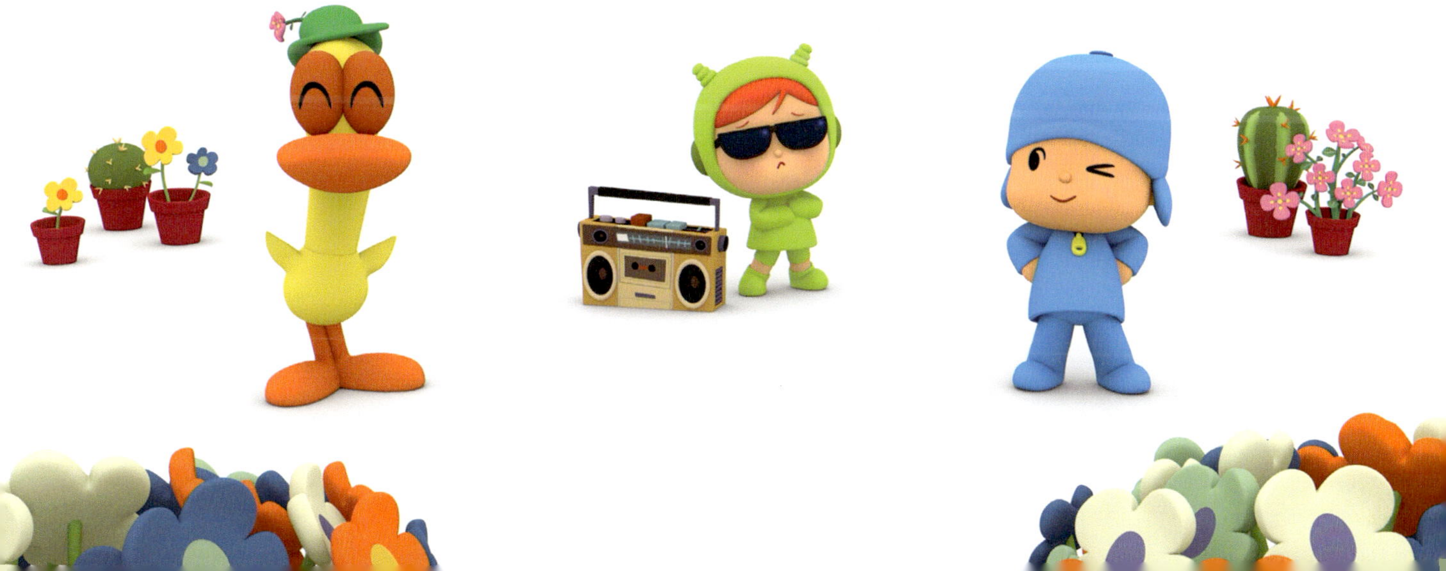

VAMOS AL COLE

¡Hola, Nina!
¿Por qué estás tan contenta?
Es verdad, llevas
una mochila con una pegatina
muy bonita.

¿Y a dónde vas con ella?
¿De viaje? ¿¡No!?

Llevas un **lápiz,**
un **sacapuntas**
y un **cuaderno.**

¿Vosotros sabéis a dónde va Nina?
¡Claro! Nina va al cole.

Hoy es el primer día de clase.

¡Hola, Pocoyó!

¿Sabes por qué Nina está tan contenta?
¡Porque hoy es el primer día de cole!

¡Vamos al cole, Pocoyó!

¿¡Que no!? ¿Por qué no quieres ir al cole?
Ah, es que a Pocoyó le falta la **mochila.**

¡Solucionado, ya tienes mochila!
Pato también va al cole. **¡Genial!**

¡Vamos los tres juntos!

¿Todavía no quieres ir al cole,
Pocoyó? ¿Por qué?
Tienes razón, tú no tienes
una **pegatina.**

¡Gracias, Pato!
Pocoyó, ahora que ya tienes tu pegatina,
¡vamos al cole!

Pocoyó, por ahí no se va al cole... ¿¡A dónde vas!?
¿Por qué no quieres ir al cole?
Ah, es que no tienes **lápiz,**
ni **sacapuntas,** ni **cuaderno.**

Mira, ¡ya tienes todo lo que necesitas!

¿Ahora ya quieres ir al cole?
¿¡No!? Vaya...

Pocoyó, todos tus amigos se van al cole.
¿Estás seguro de que no quieres ir? ¿No?

¿Con que te quedas jugando tú solo, eh?
No sé yo, **el cole parece más divertido...**

Pocoyó, mientras tú juegas solo a la pelota, tus amigos están **pintando juntos.**

¡Ahora tus amigos van a hacer **una obra de teatro!** Y tú estás aburrido...

¿Por qué no vas con ellos al cole?
Ah, ya veo: has dicho tantas veces que no…
que ahora te da vergüenza ir.
¡No pasa nada! Tus amigos están aquí para
que vayáis todos juntos.

¡Bravo por los amigos

y por el primer día de cole!

¡A ORDENAR!

¡Hola, Pocoyó! ¿Qué estáis haciendo?
Ah, estáis jugando en casa de Pato.

A Elly le apetece salir a dar un paseo.
Cuando esté todo ordenado, podemos...
¡Ey! ¿A dónde vais?

Vaya, Pato, parece que tus amigos
se han olvidado de ordenar.
¿Lo vas a hacer tú? ¡Genial!

Los cochecitos por aquí, la pelota por allá.
Los libros en su sitio y...

¡Tachán!

Todo vuelve a estar en su sitio.

Toc, toc, toc...

Pato, alguien llama a la puerta. ¿Quién será?
Son Pocoyó y Elly otra vez, que vienen a jugar.

¡Pero Pato acaba de ordenarlo todo!

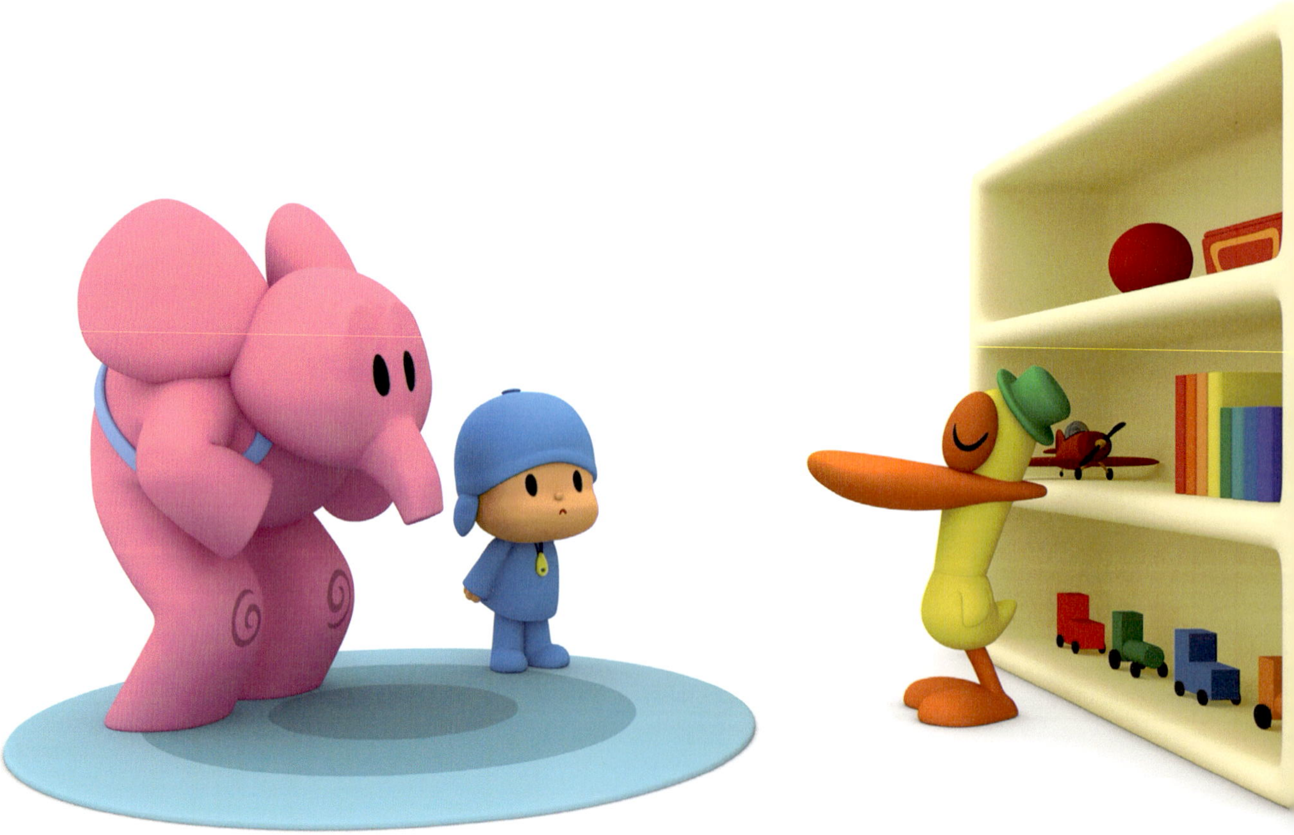

¿Por qué no venís otro día?
¡Hasta la próxima!

Uy, ¿qué hace este coche aquí?
Anda, si son Elly y Pocoyó con
los juguetes de Pato.

Chicos, estáis desordenando
todos los juguetes otra vez.

Y Pato no está nada contento...

Ahora Pato es el policía
anti-desorden
de juguetes.

Os ha encerrado en un
círculo fuera de su casa.
Así aprenderéis a no
desordenar...

Ahora estará todo orde…

¿¡Pero qué ha pasado aquí!?

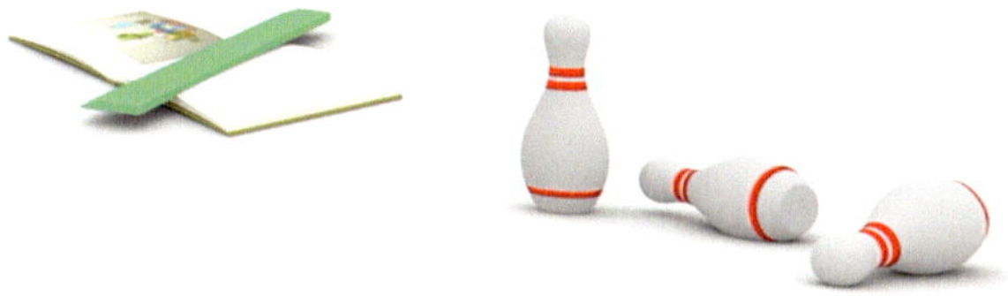

Pocoyó y Elly han pintado
el círculo azul dentro de casa.

¡Y lo están desordenando todo otra vez!

Pato está muy enfadado.
No está bien que lo saquéis
todo de su sitio y luego os
vayáis sin ordenar.

¿Qué dices, Pocoyó?
¿Tienes una idea?

Pato, ¿ya se te ha pasado el enfado?
Vaya, parece que no...
Pero Elly y Pocoyó tienen una sorpresa para ti.

¡Lo han dejado todo ordenado!

¡Bravo por los amigos que juegan y después ordenan!

UN CUMPLEAÑOS SORPRENDENTE

¡Oh, qué buena pinta tiene esta comida!
Parece que alguien está preparando una fiesta.

¡Hola! ¿Estáis preparando juntos la fiesta de cumpleaños de Pocoyó?

Ya veo, no os ponéis de acuerdo en cómo celebrarlo.

Elly dice que le podemos dar una sorpresa y entregarle un **regalo.** ¿Qué os parece?

Espera, que Pato tiene otra idea. Una **tarta de frambuesa** con un toque extra de frambuesa.

No está mal, pero creo que los demás no están de acuerdo.

Y tú, Nina, ¿tienes alguna idea?
¡Oh! **¡Una cama elástica!** ¡Eso es divertidísimo!

Pero tenemos un problema:
Pocoyó ya está aquí y aún no habéis decidido qué hacer...

¡Escondeos!

¡Hola, Pocoyó!

Creo que hoy es un día
muy especial, ¿verdad?
¿Es Navidad?
¿Halloween? ¿No?

Ya lo sé, hoy es…

¡Tu cumple!

¿Estás buscando a tus amigos?
No sé dónde pueden estar…

¡Aquí están tus amigos!

¡Sorpresa!
Feliz cumpleaños, Pocoyó.

Ahora, vamos a celebrarlo todos juntos...

¿Qué hacéis?

Vaya, parece que cada uno

tiene un regalo distinto.

Empezamos por el regalo de Elly. **¿Qué será?**
¿Un lápiz? Qué raro... Pato,
¿no habrás cambiado el regalo?

Es el turno de **la tarta de Pato.**
Antes de comer, Pato quiere decir unas palabras.
Y mientras, Elly pone globos aquí y allá y...

¡La tarta sale volando!

Ahora vamos a bailar y a saltar con Nina.

¡Eso parece muy divertido!

Pero... Elly, Pato, ¿¡qué estáis haciendo!?

Elly, Pato y Nina no paran de discutir.

Pocoyó, ellos sólo querían darte una sorpresa...

Pocoyó ha tenido una idea para arreglarlo.
Mirad, ha juntado todos los regalos
para celebrar su cumple con todos sus amigos.

Todas las fiestas son mejores cuando estamos juntos.